U0058723

賽米希的煩惱

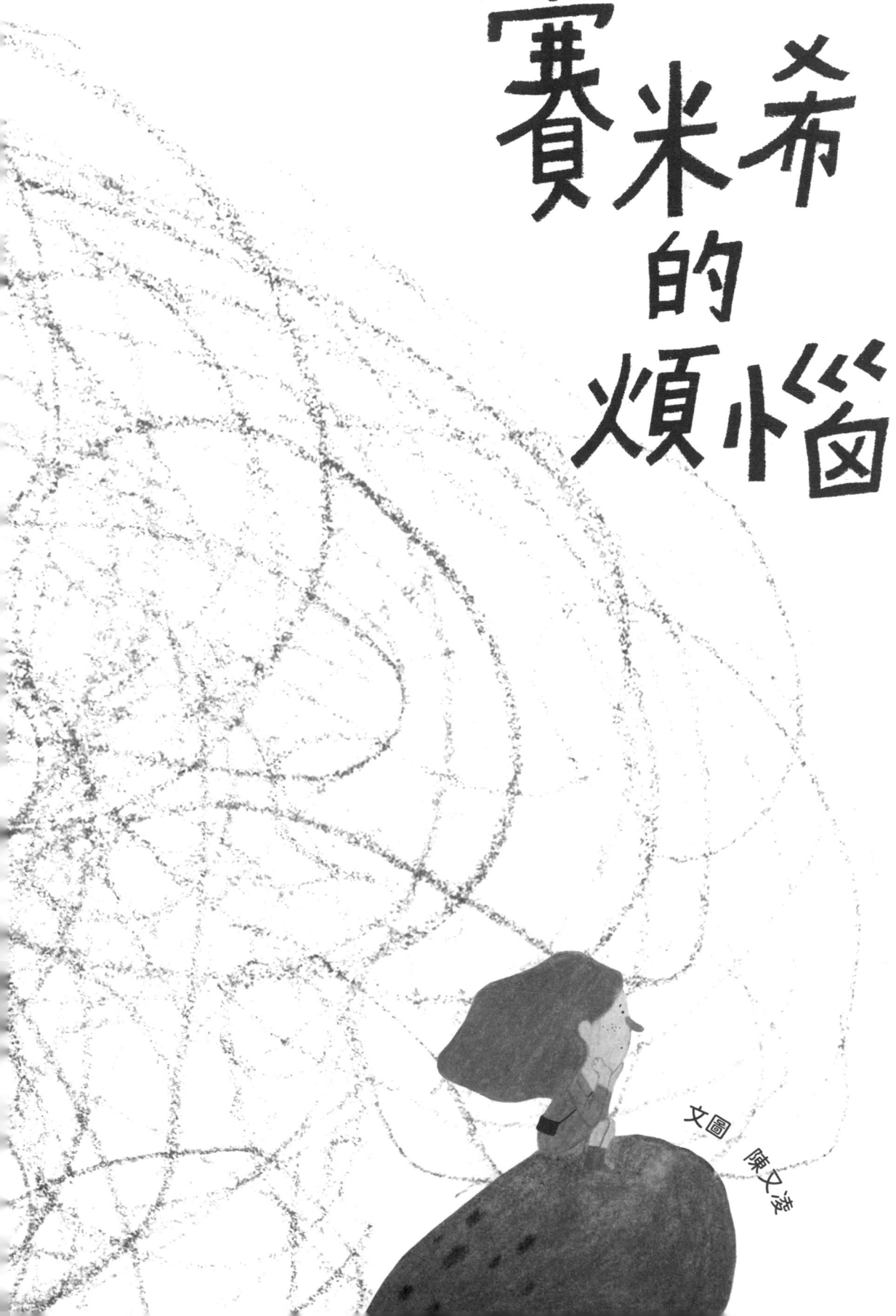

文圖 陳文淩

賽米希最近怎麼畫都畫不好，

怎麼畫都畫不出她想要的樣子，這讓她很煩惱。

她決定出去走走，
尋找解決煩惱的方法。

走著走著，賽米希遇見一匹馬。

她問馬：「你有煩惱嗎？我現在好煩惱。」

「煩惱是什麼？」馬問。

「煩惱是心裡壓了一百顆石頭，讓你喘不過氣來。」

馬說：「那我會一直跑、一直跑，把『煩惱』甩掉。」

接著，賽米希遇到獅子。

她問獅子：「獅子先生，請問你有煩惱嗎？

我現在好煩惱。」

「煩惱是什麼？」獅子問。

賽米希回答：「煩惱就是想到會有點生氣的事。」

獅子說：「如果我生氣，
我就會大聲吼叫，
把『煩惱』
都吼掉。」

賽米希覺得，
吼叫解決不了
她的煩惱，
於是她繼續往前走。

走著走著，

賽米希遇到一窩兔子。

賽米希問牠們：「哈——囉！請問你們有煩惱嗎？我現在好煩惱啊。」

「煩惱是什麼？」兔子問。

賽米希說：「就是想到會有點傷心的事。」

兔子說：「如果我們很傷心，就會互相跟對方說話，把『煩惱』說出來。」

「如果大家都聽不懂你的煩惱怎麼辦？」賽米希想。

她繼續往前走。

天黑了，賽米希坐在樹上休息，樹枝上停了一隻貓頭鷹。

賽米希問貓頭鷹：

「貓頭鷹女士，你有煩惱嗎？我現在好煩惱。」

「煩惱是什麼？」貓頭鷹問。

賽米希說：「那是會讓你一直想、一直想，
想到半夜都睡不著的事。」
貓頭鷹回答：「可是我晚上本來就睡不著啊。」

走了一整天，
賽米希都找不到解決煩惱的方法，
她無助的趴在湖邊， 決定回家。

忽然間， 一隻魚探出水面：「 嗨， 你好嗎？ 」
「 我不好， 我有煩惱。 」 賽米希說。
魚說：「 喔， 天啊！ 那一定很不好受。 」

但是你可以改變面對煩惱的心情喔！」

魚說：「有些煩惱你沒辦法解決，

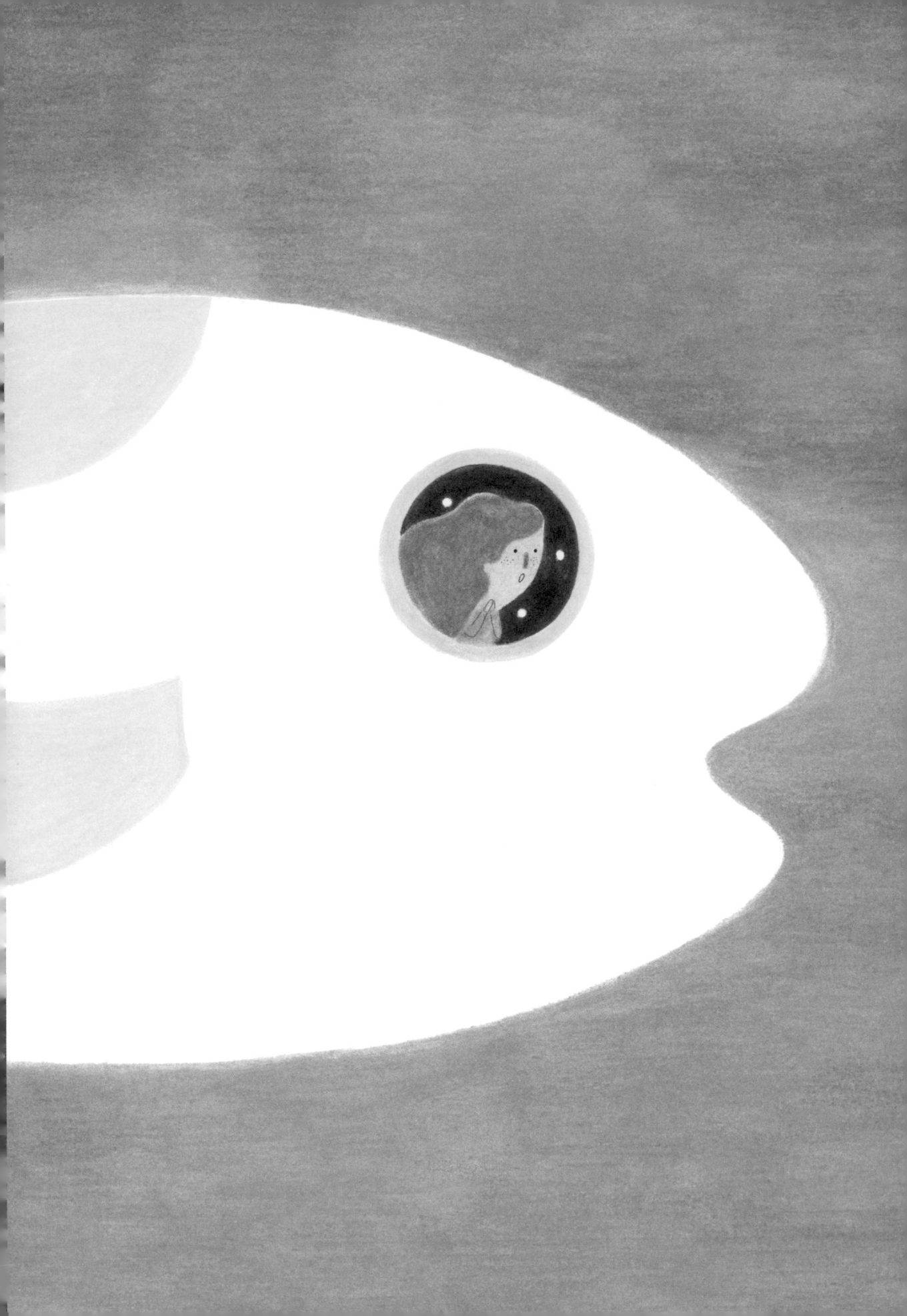

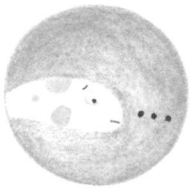

賽米希驚訝的說：「你知道什麼是煩惱？」
魚說：「我知道啊，就像我永遠游得比其他魚慢，又老是記不住別人跟我說過的話，這些都讓我很煩惱。」

賽米希睜大眼睛問：
「那你怎麼解決你的煩惱呢？」

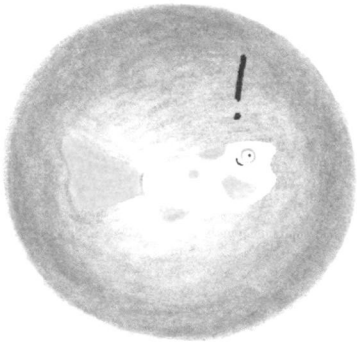

回到家後，
賽米希把畫筆和畫紙收起來。

她拿出新的工具，
走到屋外。

現在，她想先享受畫畫的感覺，
而不是煩惱到底是畫對了，
還是畫錯了。

國家圖書館出版品預行編目資料

賽米希的煩惱／陳又凌 文. 圖.--第一版. -- 臺北市：
親子天下股份有限公司，2024.03
44 面；19 x 26 公分
國語注音
ISBN 978-626-305-682-4（精裝）
(SEL繪本. 自我覺察篇)

863.599　　113000251

繪本 0355
SEL 繪本 自我覺察篇
賽米希的煩惱

文圖｜陳又凌
責任編輯｜謝宗穎　美術設計｜蕭華　行銷企劃｜高嘉吟、張家綺

天下雜誌群創辦人｜殷允芃　董事長兼執行長｜何琦瑜
媒體暨產品事業群
總經理｜游玉雪　副總經理｜林彥傑　總編輯｜林欣靜　行銷總監｜林育菁
副總監｜蔡忠琦　版權主任｜何晨瑋、黃微真

出版者｜親子天下股份有限公司　地址｜台北市 104 建國北路一段 96 號 4 樓
電話｜（02）2509-2800　傳真｜（02）2509-2462　網址｜ www.parenting.com.tw
讀者服務專線｜（02）2662-0332　週一～週五：09:00~17:30
傳真｜（02）2662-6048　客服信箱｜ parenting@cw.com.tw
法律顧問｜台英國際商務法律事務所．羅明通律師
製版印刷｜中原造像股份有限公司
總經銷｜大和圖書有限公司　電話：（02）8990-2588

出版日期｜ 2023 年 3 月第一版第一次印行
定價｜ 380 元　書號｜ BKKP0355P　ISBN ｜ 978-626-305-682-4（精裝）

訂購服務
親子天下 Shopping ｜ shopping.parenting.com.tw
海外．大量訂購｜ parenting@cw.com.tw
書香花園｜台北市建國北路二段 6 巷 11 號　電話（02）2506-1635
劃撥帳號｜ 50331356　親子天下股份有限公司

立即購買 >
親子天下 Education · Parenting Family Lifestyle　親子天下 Shopping
親子天下 有聲故事書